하늘 끝에 살아도

하늘 끝에 살아도
최송옥 시집

초판 인쇄 | 2006년 08월 10일
초판 발행 | 2006년 08월 15일

지은이 | 최송옥
펴낸이 | 신현운
펴는곳 | 연인M&B
디자인 | 이희정
기 획 | 여인화
등 록 | 2000년 3월 7일 제2-3037호
주 소 | 143-874 서울특별시 광진구 자양동 (680-25호 (2층)
전 화 | (02)455-3987, 3437-5975 팩스 | (02)3437-5975
홈주소 | www.연인mnb.com / www.yeoninmb.co.kr
이메일 | yeonin7@chol.com

값 7,000원

ISBN 89-89154-61-8 03810

하늘 끝에 살아도

최송옥 시집

아름다운 사랑의 시학

문 효 치
(시인 · 국제펜클럽 한국본부 이사장)

최송옥 여사는 시에 몰입해서 사는 분이다. 비록 늦게 시 공부를 시작했지만 늘 시를 생각하며 많은 시를 생산해내는 분이다.

시에 몰입해서 살 수 있다는 것은 매우 뜻 깊은 일이다. 시란 우리의 삶을 빛나게 할 수 있기 때문이다. 우리는 현대의 과학문명으로부터 많은 편의와 도움을 받으며 살고 있다. 분명, 현대문명은 우리의 생활을 풍요롭게 해 주었으며 어느 부분 삶의 질을 높여준 게 사실이다.

그러나 이러한 현대문명이 또한 막대한 폐해를 가져다

준 것도 사실이다. 대형공장의 대량생산과 거대시장의 대량소비가 우리의 환경을 오염시키고 생태계를 파괴하는 것은 이제 막을 수 없는 사태에 이르렀다. 과학기술에 의한 첨단무기의 발달은 인류의 종말을 초래하게 될지도 모른다.

거대한 조직체 속에서 기계적으로 돌아가는 현대인의 삶은 또한 몰 인간성의 삭막한 세상을 만들었다.

이러한 물질문명의 폐해를 막고 따뜻한 인간성을 회복하며 우리가 선망하는 이상에 접근해 갈 수 있는 매우 유용한 수단이 바로 시라고 생각한다. 시는 궁극적으로는 인간 옹호의 휴머니즘을 지향하는 정신적 작업이기 때문이다. 따라서 시업(詩業)은 인간을 위해 매우 소중하고 가치 있는 일이라 할 수 있다. 최송옥 여사가 이러한 시에 몰입해서 삶을 영위해 가고 있음은 분명 의미 있는 일임에 틀림없다.

최송옥 여사는 또 늘 사랑을 생각하며 살고 있는 분이다. 그리고 사랑시를 쓰면서 삶의 의욕을 불태우는 분이다. 사랑은 우리의 삶을 윤택하게 하고 영혼을 포근하게 한다. 이러한 사랑이 우리의 삶 속에 들어와 있을 때 그 삶은 위대해

질 수 있으며 창조적 가치를 가질 수 있다.

최송옥 여사는 사랑의 신봉자다. 사랑을 통해 영원의 경지에 이르고자 한다.

님을 위해 차를 끓인다
먼 산 물들인 단풍잎도 띄우고
오솔길 지나가는
솔바람도 한 줌 넣어

님을 위해 차를 끓인다
홀로 있던 쓸쓸함을
잘게 부수고
홀로 키운 그리움도
곱게 갈아서

국화 향기 가득 안고 오신
님을 위하여.
―〈가을 차〉 전문

그의 사랑이 가을 차로 형상화되어 있다. 그가 끓이는 것은 한 잔의 차가 아니라 그의 사랑이요 영혼이다. 그는 매우 순수하고 열정적인 영혼의 소유자다. 이렇게 아름답고 애틋한 영혼을 '잘게 부수고', '곱게 갈아서' 그녀는 사랑을 끓이고 있는 것이다. 그러나 그의 사랑이 어느 특정인에게만 향해 있는 것은 아니다. 원래 성품이 인후한 데다가 강한 애국심의 소유자다.

이 나라의 유능한 후진을 위해 몇 개 학교에 후원금과 장학 기금을 남몰래 쾌척한 것을 필자는 알고 있다. 우리의 민족과 나라를 위해 늘 기도하며 봉사하는 숭고한 사랑도 함께 갖고 있다.

새해 아침
동녘 하늘이 붉어질 때
갈라진 이 땅이 하나 되기를
기도합니다

피 맺힌 이산의 아픔

더 이상은 안 된다고
간절히 기원합니다

이 生이 다하기 전
북녘의 하늘과 땅, 산과 들
꼭 볼 수 있도록
새해 아침 간절히 기도합니다.
―〈아침의 기도 1〉 전문

　분단된 조국의 아픔을 누구보다도 절실히 느끼면서 민족의 고통의 치유를 위해 절절한 기도를 올리고 있음을 볼 수 있다. 시에서 보이듯 그의 조국 사랑은 누구보다도 뜨겁다는 것을 알 수 있다.
　이렇게 숭고한 사랑의 시들이 우리 독자들의 가슴 가슴에 울림을 주고, 우리의 삶을 한층 격상시키게 되기를 기대하면서 최송옥 여사의 첫시집 《하늘 끝에 살아도》의 아름다운 출간을 진심으로 축하드린다.

| 차례 |

제1부

아름다운 눈물

눈물 속에 그대 앉아 있습니다
그 다정한 목소리도 함께 앉아 있습니다

아름다운 눈물

눈물이 영글어
감나무에 열립니다

햇빛, 달빛을 받아
홍시로 익어가는 눈물

눈물 속에
그대 앉아 있습니다

그 다정한 목소리도
함께 앉아 있습니다.

탑

탑을 쌓는다

그리움 한 층
쓸쓸함 한 층
사랑 한 층

하늘에 닿는 층계

맨발로
님 계신
하늘에 오른다.

달과 별

그대가 바다라면
나는 이른 아침 불타는 태양

당신이 둥근 달이라면
나는 밤하늘의 별이 되어

손에 손잡고 어두운
하늘을 비치오리다.

촛불

제 한 몸을 태워
어둠을 밝힙니다

당신을 기다리며
한 줄기 빛을 만듭니다

어둡고 먼 길 오시느라 지친 걸음
촛불 아래 뉘이시고
고요한 사랑을 받으소서.

언제나 당신

아침이면 해가 뜨고
저녁이면 달이 뜨듯이
당신은 언제나
내 살 속에 계십니다

피돌기와 함께
온몸을 쓰다듬으며

저 눈비 속에서도
당신은
내 살 속
살 속의 심처에 있습니다.

옛집

사랑하는 사람과 나의 보금자리였던
옛집을 찾는다
삼백 살 먹은 주목나무 그늘에서
그이가 웃으며 반길 것 같은데
그러나 반기는 것은 까치소리뿐
텅 빈 가슴에 바람만 스며든다.

꽃밭

채송화 금송화 다알리아
옥잠화……
이른 봄
씨 뿌리고 가꾼 꽃들이
앞 다투어 피고 있다
제각기 자태를 뽐내는 꽃들 중에
―나 좀 봐주세요
고개를 쏘옥 내민 노란 민들레
아무도 씨 뿌리고
돌보지 않았는데
씩씩한 웃음을 머금고 피어 있다

어쩌나
나도 모르게 가슴에서 피어난
노란 사랑꽃 하나.

차를 마시며

내 사랑
이 찻잔 속에 있네

서산으로 넘어가는
내 그리움 한 장
찻잔 속에 있네

하늘 한 조각
거기에 올라간 그대
오늘은
찻잔 속에 내려오네.

낙화

꽃을 위해
봄을 기다렸다

오직 한 번
밝은 웃음 터트리기 위해
달려온 꽃

너를 만나려고
내 웃음도 꼭꼭 묻어 두었더니
그 눈부신 얼굴
흠뻑 담아 보기도 전에

심술궂은 바람이 와서
너를 땅에 떨구고 갔구나
긴 겨울의 내 기다림
너는 모르는 척 떠나갔구나.

꽃눈 내리는 밤

눈발이
잠을 쫓아냅니다

잠은
다락방으로 올라
접혀지고

나는
눈에 등불을 켭니다

머리 속을 비추는
등불이 하나 또 하나
수많은 심지를 돋웁니다

머리 속에
하얀
꽃눈이 내립니다.

목 백일홍

이른 아침, 창을 여니
목 백일홍이 활짝 피었네요
정원 가득한 꽃들 중에
당신이 그토록 사랑하던 목 백일홍
오늘 따라 더 곱게 분단장을 하였네요

때가 되면 이렇듯
어김없이 꽃은 피건만
한 번 가신 당신은
어찌 다시 오실 줄을 모르시나요

당신의 웃음 닮은 백일홍이
마당에 가득한데
당신 모습은 보이지가 않네요.

가고 싶은 곳

내 가고 싶은 곳 있어라

달보다 멀고
별보다 먼
당신이 계신 곳에

꽃 피는 동산 아니어도
새 우는 숲이 아니어도
돌밭길 가시덤불이어도

돌부리에 발이 채이고
가시에 찔려 피를 흘려도

이 세상의 아름다움
모두 털어 버리고
불 꺼진 캄캄한 밤이어도
당신의 팔베개에 누워
잠들 수 있다면
그곳이 나의 천국이어라.

그리움

바람만 불어도

하늘만 흐려도

꽃이 지고

눈이 내리면

어쩔거나
어쩔거나

내 그리움은
산처럼 높아만 가는데.

나의 하루

누군가 찾아올 것 같아
마음이 설레고

어디선가 부를 것 같아
전화벨 소리를 기다리고

빈 종이에 나도 모르게
그리운 말들을 썼다 지우고

바쁘게 외출을 서두르다
도로 주저앉는

오늘도 헛되이 저무는
나의 하루.

절규

아무리 소리쳐도
당신은 대답이 없습니다

물가에 내놓은 아이처럼
언제나 나를 걱정하던

그 섬세한 염려를 걷우고
지금,
당신은 어느 하늘 아래에서
이 무서운 세월을 깁고 있는지

아무리 울부짖어도
당신의 음성은 들리지 않습니다.

가을 산장에서

바스락거리는 낙엽들을
긁어모았습니다
그리움의 덩이가 되었습니다

낙엽을 태웠습니다
진한 그리움은 연기가 되어
높이 날아올랐습니다.

밀물과 썰물

밀려왔다 밀려가는
바닷물처럼
사랑도
왔다가 덧없이 가는 것일까

그러나
겨울이 가면 봄이 오듯이
떠나 버린 내 사랑
다시 올 수는 없을까.

종착역이 보인다

시계 소리 유난히 크게 들리는 깊은 밤
살아온 날들을 뒤돌아본다

정해진 길을 따라 한 고개 한 고개
높고 낮은 굽이진 길을 돌아
칠십 여 개의 역을 지나 여기에 이르렀다

알 수 없는 물음표, 종착역

심연에서 이글거리는 용광로처럼
가슴에서 용솟음치는 이름 하나
오늘 이 역을 지나기 전에
부르고 싶은 당신의 이름.

제2부

흐르는 강

서로의 가슴과 가슴에서 흐르는 강은
미로의 시간을 향해 흐른다

흐르는 강

별빛에 잠긴 세월의 강은
그대 안에 흐르고

달빛에 잠긴 그리움의 강은
내 마음에 흐르고

서로의 가슴과 가슴에서
흐르는 강은
미로의 시간을 향해 흐른다.

그림자

달빛이 출렁이며
내게로 왔다

세월을 견뎌온 나이테는
우듬지 끝 마른 가지를
털어내고

무덤처럼 고독한 슬픔은
밤마다 창문을
두드리는데

촛불의 일렁임 속에
녹아 흐르는
내 슬픔의 그림자.

장맛비

가슴 속에 비가 내린다
긴 장마

호수가 고이고
큰 내가 흐른다

고독의 사막으로
거칠었던
세상에 비가 내린다

하늘의 노래
편편이 시가 되어
넘쳐흐른다.

구름

구름이 먼 길을 간다
바짓가랑이 접어 올리고
괴나리봇짐 챙겨서

구름이 먼 길을 가면서
노래 부른다

세상사 덧없는 일
막대로 허방을 찔러대며
구름이 옷자락 나부끼며
먼 길을 간다.

새벽 길

아침 이슬 살포시 내려앉은
새벽 길
산새들 노랫소리에 홀린 듯
새벽 길을 나선다

잎새마다 영롱한 이슬방울들
아차산 등성이가 반짝인다

밤잠을 설치게 했던
외로움과 그리움이 동무처럼
따라붙는다.

망부석

찬란한 여명 속에서
수려한 선으로 서 있는 넋이여

구겨진 육신은
한 줌의 흙으로 보내고

한 많은 미련은
삭히고 삭혀 바람에 날려 보내고

천년이 가도 흔들리지 않는
뿌리를 내리고 있구나.

흔적

발자국은
언제나 지워진다

피를 짜내어
새겨놓은 흔적은
하늬바람에
탈색되고

그 언저리
허무의 그림자
드리워 나부낀다.

연등

자비의 빛이 퍼진다
어둠의 그림자를 걷어내고
시들어가는 영혼들을 깨운다
세상의 비명들이 고요해지며
돌아가야 하는 길이 보인다.

산다는 것은

고독을 거느린 방랑이다

혼자 걷는 길 위에서
잊혀져가는 쓸쓸함에
하늘을 보고 눕는 것이다

향기 잃어가는 장미처럼
한없이 목이 메는 아득함이여.

진달래

두견새 피 울음이
진달래꽃이던가

아차산 진달래
저토록 흐드러졌을 때

간밤 두견새는
얼마나 피를 토해냈을까.

구리 유채밭에서

노란 유채꽃이 파도처럼 일렁인다
꽃들은 나비를 유혹하고
노란 생명들은 우리를 유혹하고
눈부신 태양 아래
날을 듯한
5월의 걸음들.

낙엽

산에 오른다
무념의 울타리 안에서
옷을 갈아입는 산

바람은 땀을 날려
하늘로 보내고
잎을 떨구어
땅으로 보내는데

이 엄숙한 이별
이별 속에 빚어지는
추억을 보며

산에 오른다.

이 가을에는

이 가을
산과 들이 곱게 단장하는
금빛 사랑의 채색을 하고 싶네요

많은 이들이 외롭다고 말을 하지만
사랑의 성을 향해
고독의 강을 건너
이 가을에는
우리 사랑하고 싶네요.

어디로

갈 곳을 모른다
바람 속에 갇혀 우는
고독의 흐느낌

내 살 속에 살던
그리움 깨어나
함께 운다.

세월

온다 간다 말없이
시린 바람이 되어
그렇게 빠르게 달아나더니
수심 가득한 얼굴로 되돌아왔다

속절없는 육신은 휘어져가고
기댈 곳 없는 마음만
정처 없이 떠돈다.

세한도(歲寒圖)

눈을 이고 서 있는 솔잎이 푸르다
푸름을 간직한 것이
어찌 저 소나무뿐이랴

변하는 인정을 탓하며
추사(秋史)는 세한도를 그렸는데
섣달 그믐밤
나는 어떤 그림을 그려야 하나

덧없이 살아온 첩첩의 날들
한 장의 종이로는 다 그릴 수 없으니
눈 털고 일어서는
저 푸르름에 마음이 숙연하다.

겨울 한가운데

추위가
살 속으로 걸어 들어온다

울음마저
얼어 버리는 오후

어제의 기억이
정수리를 짓누르는데
찬바람을 헤집는
정적, 그 아득함

추위가
내 시야의 풍경 속으로
걸어 들어간다.

아차산의 겨울

능선을 따라 오르며 침묵하는 나목들이
행군을 한다
저마다 가야 할 길을 잠시 뒤로하고
사람들은 산을 오른다
선과 악이 공존하는 지상에서
내려놓아야 하는 짐은 무엇이며
업고 가야 하는 業은 또 무엇인지
몸은 점점 야위어가는데.

산 하나 앉아

산 하나 앉아
그림을 그린다

삽상한
가을 숨결
붓에 담아
선을 긋고

고독의 여울 돌아
흐르는 물도 그린다

산 하나 앉아
어둠이 올 때까지
그림을 그린다.

송이버섯

추석을 며칠 앞두고
친지 한 분이 송이버섯을 보내왔다
아직 이슬도 마르지 않은
이끼에 덮인 버섯의 향기가
마음까지 맑게 한다
나 혼자 먹기에는 향이 너무 아깝다
그분과 함께 이 향기를 나누고 싶다
깊은 산 속에서 솔바람을 마시며
희고 토실한 살결을 키운
송이버섯.

나의 허무함

스산한 초가을의 쌀쌀한 바람이 반갑지 않다
내 마음의 나래는 시공을 초월하여 오색찬란한
무지개를 타고 꿈 많은 어린 소녀로 변신을 한다
그러나 현실은 과거부터 지켜 내려오던 울타리 안의
새장 속에 갇혀 있는 힘 없는 작은 새
그리움과 허전함을 달래고파 전화 한 통 걸기도
버거워 하는 여린 마음이 된다
어린 시절 유리집 속에서 분재처럼 살다가 어느 날
인생의 역경을 맞고 홀로 고독하게 몸부림치며 사는
한 마리 작은 새
속절없는 세월은 갈 길을 재촉하고
이 밤 막연한 기다림에 밤을 지새운다.

눈물겹네

꽃과 꽃 사이에
눈물의 길이 있네

점액질의 그리움이
저녁 해에 비칠 때

꽃과 꽃 사이에
먼—먼
그분의 얼굴이 있네.

하늘 끝에 살아도

견디어 가리
시베리아 칼바람도 사하라사막의 모래바람도
나, 견디어가리

하늘 끝에 살아도

견디어 가리

단 한 사람
나만을 사랑하고
남은 生 내 곁에 있어줄
단 한 사람만 있다면

견디어 가리
시베리아 칼바람도
사하라사막의 모래바람도
나, 견디어가리.

가을 차

님을 위해 차를 끓인다
먼 산 물들인 단풍잎도 띄우고
오솔길 지나가는
솔바람도 한 줌 넣어

님을 위해 차를 끓인다
홀로 있던 쓸쓸함을
잘게 부수고
홀로 키운 그리움도
곱게 갈아서

국화 향기 가득 안고 오신
님을 위하여.

기다림 1

캄캄한 어둠에
심지를 돋우어
불을 밝힌다

무명 같은 목숨이
눈물겹도록
붉게 붉게 타오른다.

기다림 2

나의 가뭄 속에
당신은 고운 빗방울처럼
잘 익은 포도송이처럼
그렇게 밤마다
내 꿈 속을
찾아오셨습니다
반가움도 잠시
가실 때는 말없이
손만을 잡아주고
그렇게 조용히 떠나셨지요.

기다림 3

까닭 모를 아픔이
해일처럼 덮쳐온다
일기장을 덮어두고
온종일
창가에서 붙박이가 된다.

편지

편지 위에
눈이 내린다

내 가슴의 멍울을
진하게 풀어
쓰여진 편지

촛불을 켠다
갈라진 어둠의 틈으로
그대가
살며시 다가와 앉는다.

사랑

전화 줄에 실려오네
그대 음성
습한 뒤안에 웅크리고 있는
빛나던 젊음
전화 줄에 실려서 오네

내 영혼을 감네
열정으로 데워진
그리움을 칭칭 감네

두려움 속에서도
꽃처럼 피어나는
사랑이
넘쳐 넘쳐
하늘 끝에 이르네.

벽오동

님을 위해 잎을 틔우고
님을 위해 꽃을 피우는
나는
한 그루
벽오동.

욕망

하나를 얻고 보니
둘을 갖고 싶네

열을 얻고 보니
백을 채우고 싶네

어쩌다 오는 당신
내 안 가득 채우고 싶네.

비 오는 날

세상이 젖고 있다

회색빛 도시가 젖어 있고
나무들이 젖어 있고
젖은 도로에서
차들은 젖은 채 달려가고
창가에 서 있는 나는
그대
생각에 젖고 있다.

당신은 지금

어디쯤 오고 계실까

앞 개울가
징검다리 건너오시나

캄캄한 밤하늘에
은하수를 건너오시나

멀리 있어
더욱 반짝이는 당신.

견우에게

하늘이 멀다지만

창을 열면 보이지요

땅 끝이 멀다지만

걷다 보면 닿겠지요

그러나 내 안에 그리운 사람은

창을 열어 봐도

밤 새워 걸어 봐도

보이지가 않네요

너무 멀리 계시네요

종일 그리움으로 발돋움만 하다가

짧은 하루를

이렇게 보내고 말았습니다.

거울 앞에서

가슴을 달구는 그리움이
살며시 다가와 앉는다

약속은 없었지만
바람처럼 와줄 것 같은 설레임에

거울 앞에 앉아
화장을 한다

살빛 고왔던 젊은 날을
아득히 떠올리며.

시월

그대는
시월에 옵니다

노을빛에 물드는
감나무 잎사귀에

쓸쓸한 이야기 하나
접어 얹어놓고

그대는
시월의 달밤에 옵니다

내 그리움의
살 속에
노래 하나 새겨넣고
그대는
달밤, 뒤안길로 옵니다.

못

당신을 향한 그리움이
홀로 기다리는 외로움이
못으로 자랐습니다

모르는 사이에
심장 깊숙이 박혀 있네요
아프다는 말은 차마 하지 못하고
당신 계신 하늘만 바라봅니다.

열쇠 장수

어릴 적 고운 꿈과 순결한 마음을

담아놓은 보석 상자

열쇠를 잃어 버린 채

긴 세월 자물통에 굳게 채워져 있었습니다

그러던 어느 날 당신이 내게 오셨습니다

그리고는 말없이

세월의 녹을 털어내며

잠겨 있던 빗장을 살며시 열어주었습니다

당신은

내게 그렇게 빛을 안겨주었습니다

그 빛은

세상에서 가장 환한 빛이었습니다.

임이여

눈 뜨면
보이지 않는 임

눈 감으면 어느새 다가오는
다정한 미소

손잡고 낙엽 지는 거리를
거닐 수는 없어도

꿈 속에서 그대는
따스한 가슴으로 안아줍니다

꿈이라도 좋습니다
자주 찾아주세요

인자한 모습으로 찾아주세요
사랑하는 임이여.

백지

내 마음은
백지로 비어 있어요

당신의 입김이 어리기만 하여도
흠뻑 젖어 들어요

당신이 무심코 던진
한 마디 말씀
또렷한 글자로 박혀 있어요

바람이 불고
비 내리는 날
나는 당신의 눈빛을 기다려요

당신 사랑에 태워져
재로 남을
내 마음은 백지입니다.

사랑한다는 것

나는 꽃도 잎도
열매도 다 떨군
겨울나무

어느 날
당신은 봄 햇살처럼
내게 찾아왔지요

내 마른 가슴에도
꽃씨가 숨어 있었던가요
나는 피어나기 시작했어요

오늘도 전화로 들려주시는
당신의 음성
나를 찾아오시는 발자국 소리에
나는 다시 봄 나무가 되었어요.

달력을 보며

나이가 들면서 달력 보기가 싫어지더니
요즘은 하루에 열두 번 달력을 본다

젊은 날
꽃마차에 실려 살면서
날 가고 달 가는 것을 잊고 살았다

사랑하는 이 떠나보내고
해도 달도 원망하며
달력 보는 것을 멀리 했는데

그러나 오늘
그리운 사람과의 약속 날
동그라미 그려진 달력을
보고 또 보고……

내가 본 K 선생님

2005년 8월 15일
그대는 왔네

조선의 선비처럼
아버지 같은 걸음으로
하나님의 전령사처럼
믿음과 지성으로
닦은 모습

그대는 왔네
밤하늘의 큰 별처럼
온몸에 빛을 내면서
내 사랑의 선물처럼
그대는 왔네

팔월 조국의 광복처럼
그대는 왔네.

기억

기억의 깊이는
푸르름의 물결이네

어느 둔덕에
구름 머물어 피어날 때

한참을 날아가
보이지 않던
초록 치마의 그녀

그녀의 기억이
피어나네.

아침의 기도

이 生이 다하기 전
북녘의 하늘과 땅, 산과 들 꼭 볼 수 있도록
새해 아침 간절히 기도합니다

아침의 기도 1

새해 아침
동녘하늘이 붉어질 때
갈라진 이 땅이 하나 되기를
기도합니다

피 맺힌 이산의 아픔
더 이상은 안 된다고
간절히 기원합니다

이 生이 다하기 전
북녘의 하늘과 땅, 산과 들
꼭 볼 수 있도록
새해 아침 간절히 기도합니다.

아침의 기도 2

눈이 있어도 보지 못하고
귀가 있어도 듣지 못하는
우리의 우매함을
거듭 거듭 용서하시고
오늘 하루도
탐욕과 욕심에서 멀리 있게
헛된 우상을 섬기지 말게 하소서.

아침의 기도 3

새 힘을 주소서

육신은 쇠하였지만
당신을 향해 가는 마음은
저 태양보다 뜨겁게 하시고
축제의 기쁨으로 예복을 차려입는
매일 매일의 아침이 되게 하소서.

아침의 기도 4

날마다 생명의 수액을 뿜어 올리시며
나태의 깊은 잠에서 허우적대는
불쌍한 우리를 위하여
빛으로 오신 주님

더 늦기 전에
우리 모두가 죄를 뉘우치고
절망의 벼랑 끝에서 주님의 손을 잡고
광명의 빛 가운데로 걸어 나오게 하여 주소서.

아침의 기도 5

우울과 번민으로
풀기 없던 나의 일상을
햇볕에 잘 익은 포도송이처럼
향기로 가꾸어 주신 주님
당신께 받은 사랑을
사랑으로 돌려 드리지 못한
나의 어리석음을
이 아침에 깨닫습니다
당신을 위해
향기로운 땀을 흘리며
기도하는 법을 배우게 하소서.

아침의 기도 6

작은 새의 노래가
창문을 흔들며 지저귑니다
부리 끝에서
이른 아침 햇빛이 눈이 부시고
세상은 푸르게 푸르게 물들어갑니다
깊고 깊은 침묵도
이제야 활짝 문을 여는데

주님, 이 아침에
저 새들의 노래를 듣게 하시고
푸른 자연을 맘껏 누리게 하시니
참으로 감사합니다.

아침의 기도 7

풀잎 이슬 속에도
기쁨으로 현현 하시는 주님
사랑의 날개로 삼라만상 옷 입으시고
거침없는 사랑을 펴주시는 당신

나, 지은 죄의 무게로
십자가의 형벌을 지셨는데
영원의 옷을 입으시고 부활로 오신 주님
나의 사랑이여
오늘도 당신의 날개 밑에서
편히 쉬게 하소서.

5월의 숲

능선을 따라
깊어진 산길에서
산새의 길 안내를 받는다
하얀 찔레꽃 그림자를 밟을 때
침묵하던 바람이 손을 흔든다
나무들의 푸르름이
반짝이며 몸을 비튼다.

6월의 아픔

민족의 허리를 부러뜨린
폭음과 섬광
새벽의 고요를 흔들었던
그날의 포성이
이젠 아득히 멀어졌다 하여도
오늘
이 평화를 누리는 동포들이여
잊지 마소서
그날의 아픔을.

신록 앞에서

꽃보다 아름다운
푸르른 향기
내 검은 머리에 젖어라

나뭇잎에 몸을 가리고 우는 새여
그 싱그러운 목청이
흐르는 물에 울려 퍼져라

꽃들을 모두 보내고
알알이 익어가는 열매
잎새들의 속삭임이
뜨거운 태양을 마시며
두 팔을 벌리고
대지와 함께 큰 숨을 쉬어라.

내 마음

나는
언제나 당신을 잃고
나락으로 떨어집니다

깊이를 알 수 없는
어둠 속에서 헤엄치며
허우적거리다 꿈에서 깨어납니다

나는
언제나 당신을 맞이하며
하늘을 유영합니다

끝을 알 수 없는
궁륭을 날면서
파닥거리는
꿈 속에 빠져듭니다.

늦기 전에

가을이 왔네요
낙엽이 지기 전에
사랑의 노래를 불러요

가슴 속으로 파고드는
고독과 사색
사랑으로 정복하고
풍요로운 가을 산을 찾아가요

계곡을 따라 물소리 들으며
숨 가쁘게 살아온 지난날의 지침을
가을 산바람에 날려 보내요.

파도

무서울 것 없다는 듯
천년 바위를 뛰어넘는다
부질없는 세상사
호되게 야단을 친다
철—썩.

벚꽃

나 한 그루
벚나무이고 싶어

긴 겨울
속 깊은 사랑을 키웠다가
밀려오는 그리움에 허기지던 어느 봄날
억만 송이 불꽃으로
찬란하게 터지고 싶어.

풀벌레의 울음

울고 있네요
인적 끊긴 울울한 숲에서
홀로 설움을 쏟고 있네요

듣고 있나요
당신의 머리맡에 쌓이는
이내 울음소리
꿈 속에서라도 듣고 있나요.

낙조

오늘은 바다에 가 보리라
자야 데리고
서해바다 지는 해를 보고 오리라

동녘에서 솟은 해가
산과 들, 나무와 새를
어떻게 돌보고 있는지

내가 살아온 날들도
저 태양처럼
밝고 빛나던 때가 있었는지
지는 해에게 물어 보리라

서해 낙조를 보고 오리라.

나목

가지마다 내린 눈이
하얀 날개를 펼친 한 마리 새와 같다
반짝이는 바람의 몸짓 따라
사랑을 나누는 고요한 눈빛들
파란 하늘이 온통 창으로 열려 있어
뿌리만 묻어둔 채
날아오른다
은빛 날갯짓 눈이 부시다.

장마

장대비에
나뭇잎은 커지고

내 귀는
당신 발자국 소리에 커지고

이렇게 하늘이 무너질 듯
비가 내리는 밤에는
나는 창문을 굳게 잠근다

당신은 오지 않고
빗소리만 굵어지는
깊은 여름밤.

베이비 언니

내 가까운 친구들과
따르는 후배들이 나를
베이비 언니라고 부른다

고희를 넘긴 내가
베이비?
그렇게 어려 보인다는 걸까
세상을 모른다는 걸까

아무튼 베이비로 불러주는
그 마음이 나는 고맙다
어린아이처럼 티 없이
살아가라는 뜻도 있을 테니까

아니 나는 어린아이로 돌아가고 싶다
설이나 추석이면 색동옷 입고
나비처럼 나풀나풀

부모님 앞에서 춤도 추면서
재롱도 한껏 부리고 싶다

베이비 언니가 아니라
베이비가 되고 싶다.

작은 소망

구름 한 점 없이
높아만 가는 하늘에
새의 깃털을 빌려 날아오르고 싶다

바람 부는 날이면
코스모스 흐드러진 한적한 시골길
산 까치의 길 안내받으며
한아름 유년의 추억을 거느리고 걷고 싶다

오늘은
간밤 꿈 속에 다녀가신 님의 손잡고
아낙들이 그물을 손질하는
조용한 바닷가를 거닐고 싶다.

웃음

웃음의 속살에
달빛 부딪치네

속살의 피톨에
달빛 부딪쳐 무지개로 피어나네

피톨의 세포
세포의 칸칸에
무지개 일곱 빛 스며드네.

음악

음악은
저 나무의 잎새
그 푸르름에서
울려오네

울려와
내 심장으로 드네

심장의 묵은 때
걸레질 치며

음악은
저 푸르름을
내 몸에 실어 나르네.

| 후기 |

삶의 편린을 정리하며

삶이 덧없다는 것을 깨달았을 때는 이미 나는 인생의 황혼기에 서 있었다. 그러나 황혼기의 인생도 삶의 소중한 한 부분이며, 어찌 보면 가장 중요한 부분이라는 생각을 한다.

한 사람의 삶을 가지런히 정리하고 되돌아보면서 의미를 새겨 보는 일은 분명 가치 있는 일일 것이다. 내가 문학 공부를 하는 것은 이렇게 내 삶을 되돌아보며 정리할 역량을 갖고자 하는 나름대로의 노력이다.

특히 사랑은 삶의 가장 요긴한 질료이다. 사람은 사랑을 연소시키면서 거기에서 발생하는 열과 에너지로 살아간다. 연령과 관계없이 사랑은 삶의 필요요건인 것이다. 나는 사랑을 내 문학의 가장 중요한 주제로 삼았으며 사랑을 통해 인생의 의미를 탐구하고자 한다.

나에게 있어서 글쓰기란 이제 삶의 매우 비중 높은 영역이 되었다. 글로서 구원받고자 하며 글을 통해 삶의 지혜를 얻고자 한다. 글 쓰는 동안 살아온 날들을 회상하며 웃기도 하고 회한에 잠기기도 한다.

써놓고 읽어 보면 부끄럽지만 순간순간 나의 마음을 담은 것이려니 하고 모아두었다. 이제는 시 공부하는 시간이 빼놓을 수 없는 내 생활의 즐거움이요, 의욕 넘치는 부분이 되었다.

나는 매사를 긍정적으로 생각한다. 그래서인지 친구가 많다. 내 친구나 후배들은 나를 베이비 언니라고 부른다. 어려움을 모르고 자라서일까, 마음이 어린아이 같아서일까. 아무튼 많은 축복을 받고 살아온 내 삶에 늘 감사한다.

이제 마음을 비우며 어렵고 소외받는 이들을 도우며 살고 싶다. 살아온 날들을 되돌아보며 글 쓰는 일에 매진하고 싶다.

2006. 7. 15.

최 송 옥